네가 제일 예쁘다

정영화 지음

박영사

초대의 글

몸과 마음이 불편한 온 세상의 모든 이들과 함께하고 싶습니다.
아픈 이들의 힘든 여정에 동행하는 분들과 마음을 나누고 싶습니다.
사랑하는 사람에게 깊은 위로를 드리려는 가족의 친구가 되고 싶습니다.

부디 내일은
좀 더 따뜻한 세상을 만날 수 있으면 좋겠습니다.

시골에서 태어나 외롭게 꿈을 키워온 소년이 있었다. 그는 하늘의 도움으로 귀한 기회를 얻었고 온 힘을 다해 그 꿈을 완성하기 위해 최선을 다했다. 감사하게도 꿈이 이루어져 아픈 이들의 친구가 되었고 반평생을 그들과 함께하며 기쁨과 보람을 만끽해왔다. 하지만, 왠지 아직까지 가슴 한 켠이 허전하다.

어리석게도, 반백이 넘어서야 비로소 걸어온 길을 되돌아본다. 아픈 이들과 마음을 맞추는 일에, 그들의 등을 두드려주는 일에 인색하지 않았나 아쉬워한다. 이제서야, 아픈 이들과 그들의 동반자들께 공감과 위로를 드리고자 마음먹는다.

부디, 아픈 이들과 오랫동안 함께 걷길 바라는 임상의사의 간절한 소망이 미숙하고 투박한 글을 통해서나마 아픈 이들과 그들의 동반자들께 오롯이 전해지길 두 손 모아 기도한다.

차례

하나
그리움: 함께 걸어온 길

둘
공감: 손잡고 걷는 길

셋
위로: 밝은 내일로 가는 길

넷
동행: 어깨동무 길

네가 제일 예쁘다

아빠 난
내 얼굴이 싫어
한 겹 얇은 입술이 싫어

아빠 난
내 피부가 싫어
거칠고 메마른 피부가 싫어

아빠 난
대문 밖이 싫어
색 바랜 레인코트가 싫어

아빠 난

가을 바람이 싫어

차가운 입맞춤이 싫어

......

그래도 난

네가 예쁘다

네가 제일 예쁘다

하나

그리움: 함께 걸어온 길

우리는 다시 꺼내고 싶은 좋은 추억을 그리워합니다. 때론, 아쉬운 꿈을 되새기기도 합니다. 몸과 마음이 아픈 이들에게 그리움은 종종 큰 위로를 줍니다. 마음을 평화롭게 만들기도 하고 몸을 따뜻하게 덥혀주기도 합니다. 잠시나마 고통을 잊게 해주는 명약이 되기도 하고 오랜만에 찾아온 친구가 되기도 합니다.

아픈 이들과 함께 그리운 추억을 되살리고 싶습니다. 그들과 그들의 가족들이 작은 위로나마 얻을 수 있다면 정말로 고맙겠습니다.

자유인

나는 오늘도 왜
불편한 넥타이를
풀지 못하는 걸까

바른 놈과 비뚠 놈을 나누고 있다
예쁜 놈과 미운 놈을 가르고 있다

나는 오늘도 왜
한 겹 외투를
벗지 못하는 걸까

뛰는 놈과 걷는 놈을 헤아리고 있다
걷는 놈과 기는 놈을 따지고 있다

나는 오늘도 왜
맨발로 맨땅을
밟지 못하는 걸까

아픈 놈과 성한 놈을 다르게 본다
힘센 놈과 약한 놈을 구별해 본다

나는 언제쯤
자유인이 될까
정말 그렇게
될 수는 있을까

걸으며 생각하기

오늘도 홀로
탄산수 아침 공기
맡으며 걷는다
또각또각 걷는다

느린 걸음으로
큰 모자 눌러쓰고
아껴보며 걷는다
뚜걱뚜걱 걷는다

리듬에 맞추어
조각 생각들이
가랑비처럼 내린다
살랑살랑 내린다

마스크 속에서
수줍은 조각들이
나란히 줄을 선다
끼리끼리 줄을 선다

건널목 앞에서
정돈된 밑그림에
예쁜 색을 칠한다
알록달록 칠한다

글쓰기

끓어오르는 네 심장을
왜 그리 오랫동안
감추어 왔니

꿈틀대는 네 근육을
왜 그리 남모르게
숨겨야 했니

꿈 속에서도 찾고 싶은
그 반짝 기쁨이
정말 반갑지 않니

상상 속에서 포옹하는
그 떨리는 사랑이
진정 보고 싶지 않니

아스라한 네 기억이
더 이상 멀어지기 전에
이제는

이제는 글로
남겨야 하지 않겠니

봄맞이

한결 순해진
아침 공기 덕에
느긋한 걸음이
새털 같다

사월의 기적

사월이 오면
철쭉꽃 합창이 문득
가던 길을 멈추게 한다
보랏빛 라일락 향기가
바쁜 걸음을 유혹한다

오랫동안 차가운 흙 속에서
부서져 일그러진 상처가 보인다
흙을 뚫은 행운에 눈물로 감사하는
씨앗의 기도가 은은하게 들린다

다시 맞은 사월의 기적에
숙연하게 가슴 설렌다

봄비

창 밖에 봄비가 몹시 바쁘다
조그만 손을 재게 놀린다

어제 온 황사 바람
달래주고 있구나
사철나무 겨울 때
씻겨주고 있구나

갓 내민 민들레
토닥토닥
쓰다듬고 있구나
수줍은 버들잎
둥개둥개
얼러주고 있구나

떼쓰는 아이 마음
넉넉하게
넓혀주고 있구나

먹먹한 친구 소식
잠시 옆에
앉혀두고 있구나

목련화

함박웃음 머금은 채
화장기 없는 얼굴

반가운 목련화
그리고 그들의
숨죽인 하얀 합창

여의도 공원

쉬지 않고
긴 숨 쉬었을 뿐인데
고목들 삐쭉빼쭉
새순을 뽐내는구나

때가 오면
새 꽃 피웠을 뿐인데
철새들 알콩달콩
둥지가 시끄럽구나

햇볕 따라
새싹 키웠을 뿐인데
아이들 뒤뚱뒤뚱
까르르 안기는구나

오늘도
여의도 공원에는
새 희망 뭉게뭉게
하늘로 오르는구나

벚꽃 잔치

긴 어둠 찬바람을
무던히 버텨온
윤중로 벚나무마다
주체할 수 없는 젊음이
용솟음친다

이제야
활짝 핀 봄을
기꺼이 맞는다

꿈

이젠 꺼내고 싶다
고이고이 보듬어 온 상자 속에서
이젠 다시 꺼내보고 싶다

그대의 고운 미소
그대의 따사로운 체온
그대가 주는 포근한 안식

이젠 팔 벌려 만나고 싶다

그대의 숨소리를 온전하게
만지고 싶다

상상(想像)

상상 자전거 페달을 밟는다
휴식을 찾는다

경험 너머 새 삶을 찾는다
내일로 달린다

절망 너머 하늘을 본다
희망을 꿈꾼다

빈 하늘에 정열을 그린다
맘대로 그린다

욕심

시원한 냉면이
목을 넘어가기도 전에
따뜻한 곰탕이
그리운 건 왜일까

줄어든 뱃살에
매무새를 뽐내다가
삼겹살 기름에
마음 가는 건 왜일까

밝은 내일을
맞이할 문턱에서
짙은 어둠을
즐기는 건 또 왜일까

아마 그건
욕심 때문일 거야

맨몸으로 하늘 보면

꼬마는
애꿎은 코를 훌쩍인다
어깨 넓은 친구의
까르르 웃음이 얄밉다

꼬마는
새까만 조막손을 꼭 쥔다
구슬로 가득한
볼록 주머니가 부럽다

꼬마는
서글픈 새가슴을 내민다
구슬 노리는
음흉한 잔꾀가 겁난다

꼬마야
맨몸으로 하늘 보면
그땐 정말
행복할지도 몰라

고향

자동차 꽁무니 잿빛 연기에
민들레 홀씨 비틀거린다

희뿌연 황사 코를 간질인다
목젖 너머 군침마저 이내 마른다

지친 몸뚱이가 마침내 무너진다
신을 잃은 어깨춤이 눈치를 본다

남산 타워 너머로 파란 하늘이
고향인 듯 내게 손짓을 한다

오늘인 듯 바랜 어제가
가슴속에 마냥 간절하기만 하다

동심

언덕에서 아이가 몸을 날린다
동무들이 휘둥그레 박수를 친다
그래 그래 네가 대장이다

기울어진 돌담을 휘돌아 지나면
아카시아 꽃향기 달콤하게 유혹한다
조막손들이 때늦게 허기를 달랜다

밀보리 향기에 걸음을 멈춘다
모자란 배를 마저 채운다
대장 얼굴에 검정을 묻힌다

바람이 쫓아오며 시샘을 한다
아홉 살 친구에게 곁눈질한다

우정

같이 걸으며 춤을 추었다
땀을 나누며 어깨를 키웠다
눈을 부딪치며 하늘을 품었다

빈 주먹은 기쁨이었다
기막힌 웃음은 희망이었다
안경 너머 세상은 감동이었다

기억마저 아련한 내 친구야
오늘은 꼭 한 번
꼭 한 번만 너를 만나고 싶다

굵은 너의 손마디
짙은 너의 눈썹
나를 격려하던 너의 넓은 가슴

스승의 길

당신께선 그때
제 손을 감싸며 말씀하셨습니다
네 손을 잡을 수 있어 행복하다고
그건 하늘이 허락한 축복이라고

눈빛만으로도 미소만으로도
조막 가슴 채우시던 당신의 깨우침이
오늘따라 또렷하게 그립습니다

모든 꽃은 아름답다
가르치려 들지 말라
기다리면 다가온다
언젠가는 때가 온다

이걸 양보할 순 없다

옛날 명절상 주인공은 굴비
맛있는 대가리는 아버지 것
난 젓가락을 거둔다
하얀 살점을 맡는다

꿀맛이다
살점이 이렇게 녹는데
대가리는 얼마나 맛날까
난 아쉬운 침만 삼킨다

아버지는 혼자 바쁘다
작은 뼈는 잘게 씹고
큰 것들은 쪽쪽 빨고
버릴 게 하나도 없다

대가리는 억울하다
영문 모르고 벌을 받는다
아이 입을 노린
상해미수죄란다

오늘 밥상에도 맛있는 굴비
이제 대가리는 온전히 내 것
아무도 손을 못 댄다
이걸 양보할 순 없다

아버지

당신의 묘비 앞에 섰습니다
혹여나 하고 다시 왔습니다

20년 전 제게 보여 주셨던
당신의 미소

다가갈 수도 외면할 수도 없는
인색해서 더 갖고 싶은
서먹하고 어색한 당신의 미소
그 미소가 아련합니다

아버지
오늘 한 번
딱 한 번만 더
그 미소를 제게
보여주지 않으시렵니까

잊을 수 없는 대화

오랜만에 뵙습니다, 아버지
그래, 한동안 못 보았구나
그동안 잘 지내셨나요
큰일 없었으니 잘 지낸 거겠지
그곳은 편안하세요
더없이 여유있게 지낸단다

여기선 왜 그렇게 못하셨어요
다 내 욕심 때문이겠지
어떻게 욕심을 버리셨어요
떠나오니 그게 되더라
그래선지 안색이 좋으시네요
그런데, 네가 걱정이구나

조부모님은 만나셨나요
그럼, 그렇고 말고
편안하신가요
다정하게 지내신단다
뵙기에 좋으시던가요
좋더라, 진작에 그러셨으면……

할아버지 근력은 좋으시고요
항상 태평이시니 좋으시지
무슨 말씀 없으시던가요
언제나 네 걱정뿐이시더구나
할머니께선 많이 웃으시던가요
너무 웃으셔서 민망할 정도다

그런데 웬일이세요
너에게 용돈을 좀 받아야겠구나
거기서도 돈이 필요하세요
물론이지, 베풀려면 필요하지
무슨 일이 생겼나요
오랜만에 손님이 올 것 같구나

무얼 대접하시려고요
손님들과 막걸리 한 잔 하려고
얼마 안 되는데 이거면 될까요
그럼, 충분하고 말고
많이 못 드려 죄송해요
아니다, 고맙구나

언제 다시 뵐 수 있을까요
글쎄다, 네가 너무 바빠서
이젠 자주 뵙고 싶어요
그래, 가끔 차나 같이 하자꾸나
막걸리는 안 되나요
좋지, 근데 과음은 삼가거라

다음엔 저를 안아주실 거죠
다 큰 놈이 아제 와서 응석은……
가끔 외로울 때가 있거든요
누굴 안아주면 너도 행복하단다
그럼 안녕히 가세요
항상 주위를 살피며 지내거라

할아버지 콩국수

제가 국민학교 다닐 때인가요
오랜만에 할아버지를 찾아뵈었을 때
인사도 건성 받으시고
데리고 가 사주셨던 그 콩국수
전 그때 그 맛을 전혀 알지 못했습니다
밍밍한 게 목을 잘 넘지 못했습니다

그런데 요즘 전
콩국수가 제일 맛있습니다
다들 그게 여름 음식이라지만
저는 한겨울에도 콩국수를 찾습니다
가는 국수의 목 넘김이 좋습니다
콩국물이 왜 이리 구수한가요
소금의 마술을 드디어 깨닫습니다
콩국물에 한껏 감긴 소면의 고소함을
도저히 거부할 수가 없습니다

세상에 없는 그 맛을
귀한 손주에게 보여주고 싶으셨던
당신의 넘치는 사랑을 이제서야 느끼며
저는 오늘 참 힘이 듭니다

막걸리 한 잔을 바칩니다
당신께서 아끼던 사랑을
눈물로 되돌려 드립니다
부디 여기 오셔서
몸 둘 바 모르는 손자의 잔을
기꺼이 받아 주십시오

삼계탕의 추억

다리 꼬고
배 내밀고
고개 돌린 채
혼자 중얼거리는 말
"네 맘대로 해봐"

끼니 잊고
긴 밤 새우고
젓가락 치켜든 채
달려들며 하는 말
"나에게 힘을 줘"

뜯고 삼키고
국물 들이키고
고개 숙인 채
바닥 긁으며 외치는 말
"한 그릇 더"

응원하고
칭찬하고
미소 띤 채
쓰다듬으며 하는 말
"고마워 그리고 사랑해"

뜀박질

어릴 적 난 날쌘돌이였어
잠자리를 맨손으로 잡았더랬어
어릴 적 난 다람쥐였어
달리는 말마차는 놀이기구였어

어제는 신호등이
얼마나 서두르는지
엉덩이가 왜 그리
뒤에서 잡아 끄는지

마음 뒤 저만치
힘겹게 쫓아오는 내 몸뚱어리
까짓 거 그게 대수랴

멋진 풍경 흩어질까 봐
쌓은 지혜 날아갈까 봐
세월이 내 걸음을
꼬옥 잡고 있는걸 거야

소리 별곡

채석장 폭발음에 산새 놀라 멀리 난다
어머니 다듬이질 오늘따라 그립구나
마루 아래 강아지 나른하게 존다

천둥소리 떠난 자리 큰바람 휘젓는다
토닥토닥 봄비 소리 한없이 그립구나
개울가엔 자장가 느긋하게 머문다

시위하는 마이크에 바쁜 걸음 비틀댄다
갯바위 파도소리 몹시도 그립구나
밤새 우는 가락에 엉킨 마음 후련하다

맞부딪는 칼 소리에 어깨춤이 멈춘다
옛 친구들 떼창이 사무치게 그립구나
드높은 박수에 식은 가슴 뜨겁다

피아노

피아노 소리가 담을 넘는다
걸음이 늦어진다
꿈속으로 빠진다

굳은 가슴이 부드러워진다
누구 가락인지 궁금해 죽겠다

없는 손을 잡고 스텝을 밟는다
리듬을 탄다
구름 위를 걷는다

뚜벅 걸음이 제일 편한 내가
왈츠를 추는 건 그건 기적이다

울산바위 앞에서

이른 아침
설레는 맘으로 다시
울산바위를 마주한다

엊저녁
낮은 구름 속에서
그토록 애를 태우시더니
새 아침엔
밝은 얼굴로 다시 날
흠뻑 안아 주시는구나
십수 년 보아온
그 맑은 미소를 다시
내게 보여 주시는구나

당신 앞에 서면 언제나
고통 속의 환희가 떠오릅니다
당신 앞에만 서면 언제나
어릴 적 고향 언덕이
한 조각 떠오릅니다

당신 품에 안기면 언제나
옛 친구 어깨가
문득 떠오릅니다

오늘같이 운 좋게
당신의 미소를 만나는 날엔
깊숙이 앉아있던 돌멩이가
끝내 사라져 버립니다

그분이 오시나 보다

창문 틈으로 밀려드는 바람에 엉덩이를 들썩인다
어느새 힘을 얻은 공기에 이끌려 문밖으로 나선다

구름 물러난 아득한 하늘엔 파란 바람 한바탕 휘돈다
볼을 스치는 서늘바람이 가슴속 쌓인 먼지 휘몰아 간다

질긴 미련에 매달린 무궁화 한 송이 마침내 아쉬운 작별을 한다
서너 뼘은 족히 자란 은행나무 가로수가 부끄럽게 속을 비운다
뒷동산 감나무 터줏대감은 가지마다 붉은 은혜 넉넉히 나눈다

마른 논에 도열한 병정들은 고개 숙여 반성문을 쓴다
논고랑물 탐낸 욕심이 미안해 곳간을 연다

가을, 그분이 오시나 보다

한가위 달

한가위 큰 달 구름 속 오가며
왜 그리 내 속을 태우는 걸까

맨몸뚱이 싫어서 삐쭉 보이는 걸까
여린 맘 들키기 싫어 쌜쭉 돌리는 걸까

삶아진 속살 감추려 뒤돌아섰나
구워진 피부 창피해 긴소매 입었나

내년에는
너의 맨몸을 보고 싶다
네 미소를 꼭 다시 보고 싶다

한란(寒蘭)

곳곳에 그대 향기 가득한데
그대는 어디에 몸을 숨기고 있는가
눈과 코가 저절로 그대를 향하는데
그대는 왜 미소를 감추고 있는가

잦은 상처 얼마나 아팠었기에
숙인 고개 이토록 애처로울까
시집살이 얼마나 매웠었기에
한숨 소리 이토록 가슴 태울까
종종 걸음 얼마나 힘겨웠기에
옅은 미소 이토록 안타까운가
매운 바람 얼마나 서글펐기에
그대 향기 이토록 사무치는가
하고픈 말을 얼마나 삼켰었기에
그대 숨결 이토록 끝이 없는가

난 오래도록
손잡고 걷고 싶다
난 오래도록
그대 향기 품고 싶다
난 오래도록
그대와 살고 싶다

사랑하는 사람들

사랑한다고, 사랑하고 싶다고
우린 오래전에 수줍게 만났습니다
정말로 사랑하는지, 얼마나 사랑하는지
그것도 모른 채

처음부터 확신한 건 아니었습니다
삼십 년 동안 함께 걸을 줄은
그땐 반쯤만 믿었습니다

이제는 정말 아파도 즐겁습니다
그대를 사랑하니까
넘어져도 편안합니다
그대를 의지하니까

다가올 삼십 년은
그랬으면 좋겠습니다

지나간 삼십 년과 한결같이 똑같았으면
오늘과 똑같았으면 그랬으면 좋겠습니다

둘

공감: 손잡고 걷는 길

건강을 잃지 않은 사람들이 몸과 마음이 불편한 이들과 그들의 동반자들이 겪고 있는 고통을 있는 그대로 모두 다 느낄 수는 없을 겁니다. 하지만, 진료실에서 자주 그들을 마주하는 의료진이나 그들과 이웃으로 함께 살아가는 사회구성원들이 환자와 가족들이 느끼는 아픔의 영역에 조금 더 다가가려고 끊임없이 노력한다면, 그들의 문제를 조금이라도 더 많이 이해하고 그들과 함께 최선의 해결책을 찾아나갈 수 있을 겁니다.

아픈 이들과 그들의 동반자들께 깊은 공감을 드립니다. 여러분과 함께하는 그리고 함께하길 원하는 많은 분들이 여러분을 뜨겁게 응원하고 있음을 언제나 기억해 주십시오.

당신이 제일 행복합니다

오늘 아침 기지개 활짝 펴며
참 잘 잤다 외치는 당신이
제일 행복합니다

창문 너머 하늘 보며
참 푸르다 감탄하는 당신이
아침 공기 들이쉬며
참 맑구나 느끼는 당신이
오늘 아침
제일 행복합니다

꼬리 치는 강아지
참 예쁘다 쓰다듬는 당신이
늦게 잠든 우리 아이
참 잘 잔다 감사하는 당신이
오늘 아침
제일 행복합니다

오늘 아침 당신이
세상에서 제일
행복합니다

내 편

아픈 이 길을
혼자 가야만 하는 줄
그렇게 생각했습니다
외로운 길엔
한 줄기 빛조차 없는 줄
그렇게 믿었습니다
어둠 속에는
낭떠러지밖에 없는 줄
그렇게 알았습니다

당신의 따뜻한
가슴이 아니었다면
당신이 진정
내 편에 서지 않았다면
난 지금
무지개의 감동을
알 수 없을 겁니다

아이구 저런

'아이구 저런!' 눈 맞추니
아픈 아이 달려들고
'아이구 저런!' 등 두드리니
달려온 아이 품을 파고든다

'아이구 저런!' 팔 감싸니
이내 들썩거리고
'아이구 저런!' 볼 맞대니
끝내 눈물 흘린다

'아이구 저런!' 하니
고통이 사라지고
'아이구 저런!' 하니
상처가 아무는구나

배려

너의 젖은 어깨 덕에
우산 아래 비가 자고
너의 너른 가슴 덕에
심술 바람 비켜간다

너의 미소 덕에
아픈 내 상처
조금씩 조금씩
아물어간다

그대 향기

그대 향기는
은은하고 산뜻하다
저절로
몸이 기운다

그대 향기 퍼지면
꿀꿀한 냄새 사라진다
은근히
기분이 좋아진다

그대 향기 맡으면
입꼬리 올라간다
행복하게
가슴이 후련해진다

그대 향기 만나면
헤어지기 싫다
다음에 꼭
다시 만나고 싶다

친구와 별 보기

친구와 단 둘이 별을 보면서
깊은 우정을 나눈 적이 있나요

작은 별 보면서 심장소리가
점점 더 또렷해지던가요
큰 별 보면서 콧노래가
저절로 흥얼거려지던가요
은하수 보면서 따뜻한 체온이
몹시도 그리워지던가요
유성을 보면서 수줍은 두 손이
친구를 찾고 있던가요

친구와 단 둘이 별을 보면서
따뜻한 마음을 나눈 적이 있나요

별들이 눈 속에 옹기종기
가득 차 있던가요
눈 속 별들이 덩실덩실
춤추고 있던가요
별이 멀어지면 토닥토닥
등 두드려 주던가요
다시 다가오면 둥개둥개
껴안아 주던가요

눈물의 이유

길을 걷다가 부서진 블록에 걸려 넘어졌다
손이 저절로 안경으로 간다, 다행히 눈도 안경도 무사하다
그런데 휴대폰 액정에서 번개가 친다, 서둘러 상처를 살펴야겠다

숨바꼭질하듯 매장으로 뛴다
문을 닫던 기사는 당황한다, 다른 데 가보시면 안 될까요
어떻게 한다, 할 수 없지

다행히 근처에 매장이 보인다, 저, 영업하시나요
네, 무슨 일이세요
액정이······
지금 기사님이 안 계시는데요

대책 없이 나온다, 다시 뛴다
제발 하고 매장 문을 연다, 애절한 눈빛을 보낸다
여기서 사셨나요
아닌데요
저희는 여기서 판 것만 수리하는데요

부아가 치민다

또 다른 매장이 있다, 다행이다, 이번엔 사정이라도 해봐야지

어서 오세요, 무슨 일이세요

저, 액정이 깨진 것 같아요

아이고 저런, 마음이 아프시겠네요

한번 봐주시겠어요

액정은 괜찮네요

그럼 무엇이 문제인가요

보호필름만 바꾸면 되겠네요

아, 고맙습니다

이제 다 되었습니다

얼마 드리면 되나요

그냥 가세요, 다음에 또 오세요

매장을 나서며 눈이 흐려진다

눈에서 흘러내리는 게 서러움일까 고마움일까

축하

친구에게 문득
좋은 일이 생겼을 때

빠른 박수가
절로 나오나요
눈길이 오래
머무르고 있나요

당신은 지금
기쁨을 같이 나누고 계시네요

뛰는 가슴이
진정되지 않나요
뿌듯한 미소가
떠나지 않나요

당신은 지금
마음을 함께 나누고 계시네요

너의 속삭임

천둥번개 속에서도 난
너의 꿈소리를 들을 수 있어
폭포수 옆에서도 난
너의 흥얼거림을 들을 수 있어

사격장 총성이 울려도 난
너의 흐느낌을 들을 수 있어
합창단 화음 속에서도 난
너의 노래를 들을 수 있어

난 언제나
너의 속삭임을 들을 수 있어

갯지렁이와 돌게

아이고 네가 웬일이니
아니 너야말로 여기서 무얼 하니
여기는 우리 집인데
언제부터
조상 대대로
......

울 아버지는 말씀하셨어
여기가 고향이라고
울 아버지도 늘 당부하셨어
절대로 여길 떠나지 말라고

짝 만나 애 낳고
이제야 살 만한데
파도에 시달리다
이제 겨우 하늘 보는데

나보고 웬일이냐고
거 참

잽싼 너도 굼뜬 나도 여기가 고향이니
작은 집 지키며 어깨동무 손잡고
같이 오래 살아보자꾸나

경주마의 독백

칠월 말 땡볕에 말은
숨이 가쁘다
억센 어깨 부딪치는
무한경쟁이 벅차다

말 없이 달리는 말은
채찍이 아프다
바쁜 다리 재촉하는
과한 욕심이 슬프다

말 못 하는 말은
터질 것 같다
하늘 가리는 시야가
못 견디게 힘들다

말 삼키는 말은
이제 지친다
기약 없는 외로움에
다리 힘이 빠진다

말 기다린 말은
쓰러지며 말한다
말술도 절대
마다하지 않겠어

아이 버릇

아이는 자꾸
손톱을 뜯는다
물어뜯어야 편하다

상처가 아파도
멈출 수가 없다
아픈 게 차라리 편하다

미운 엄마 버리고
혼자 걷고 싶다
손을 뿌리쳐야 편하다

시간이 필요할 거야
기다려야 마음이 열릴 거야
정성이 필요할 거야
손을 놓아야 홀로 걷게 될 거야

침묵

하고 싶은 말이 넘칠 때
우린 침묵으로 말한다
입을 닫으면
눈이 밝아지기 때문이다

대꾸할 말이 아련할 때
우린 침묵으로 말한다
눈이 밝아지면
마음이 열리기 때문이다

먹먹한 가슴이 북받칠 때
우린 침묵으로 말한다
마음을 합하면
체온이 전해지기 때문이다

진정 침묵은 강하다
때론 침묵이 지혜다

안아준 아이

어미 품속 병아리
오래 더 튼튼하고
봄비 젖은 앞동산
한결 더 푸르르다

예뻐한 장미
향기 더 싱그럽고
안아준 아이
가슴 더 따뜻하다

그립습니다

그만두라는 말씀이
정말 짜증납니다
당신의 환한 얼굴이
그립습니다

하지 말라는 꾸중이
마음을 얽맵니다
당신의 따뜻한 눈길이
그립습니다

무릎 꿇리는 회초리가
가슴을 누릅니다
당신의 포근한 품속이
그립습니다

아버지와 디스커스

아버지는
애들이 걱정입니다
밤새 굶주린 디스커스가
정말 걱정입니다
그중에서도 수줍이가
제일 걱정입니다

욕심꾸러기 거식이
그놈이 말썽입니다
잘난 척 우쭐이도
대책이 없습니다
그놈들이 모두
수줍이를 굶깁니다

수줍이는 정말 걱정입니다
삿대질도 못 하고 그냥
고개를 돌려 버립니다
앞에 있는 제 밥도
찾아먹지 못합니다

아버지는 손을 내밉니다
안타까운 손을 내밉니다
숨어있는 수줍이에게
길게 손을 내밉니다
당신의 손을
아낌없이 내어 줍니다

선유도 가는 길

매서운 칼바람 사이로
조각 햇볕이 따사롭다
솟구치는 갯버들 연록이
고개 들어 조바심을 낸다

꿈속 잰 걸음
어지러울 텐데
서둘러 내민 맨손
아프게 시릴 텐데

아이야 행여
행여 다칠라

잔설이 물러설 때까지만
달콤한 꿈길 좀 더 즐기렴
흰 서리 맑아질 때까지만
끓는 가슴 안고 있으렴

갈대

마지막 겨울바람이 매섭다
바쁜 강물을 거스르다가
갈대밭을 휘감아 돈다

겨울 내내 굽어버린
메마른 고개를 끝끝내
젖히며 조롱하는구나
끊어질 듯 삐걱대는
여린 무릎을 마침내
잡아채 꿇리고 마는구나
마지막 남은 한 방울
눈물까지도 이제는
쥐어짜고 마는구나

하릴없이 당했던 서러움을
슬퍼하지 말자
거짓 미소로 버텨온 세월을
탓하지 말자

이제 곧
겨울 가고 봄이 오리니
머지않아
새싹 돋고 꽃이 피리니

꽃은 예쁘다

멋을 낸 개성이
당당한 미소가
내주는 향기가
상큼하게 예쁘다

이겨낸 끈기가
마주보는 합창이
어울리는 존중이
은은하게 아름답다

떠나는 용기가
흔드는 손길이
기약하는 지혜가
벅차게 따뜻하다

꽃은 참 예쁘다

선생님께선 알고 계실까

멍때리며
하늘 보는 즐거움을
선생님께선
알고 계실까

넘어진 김에
맥을 놓는 일탈을
선생님께선
상상하고 계실까

봄볕에 취한
비틀걸음의 자유를
선생님께선
누리고 싶지 않으실까

웃음 참는 고통에
갇혀버린 고독에
선생님께선
아프지 않으실까

88

선생이고 싶었던
오래 선생이었던
앞으로도 선생일 내가
오늘 정말 안쓰럽다

선택할 수 있다면
난
좀 더 오래
학생이고 싶다

삼색 질서가 절묘하다

네겐 파란 불
기다려 줄게
박수쳐 줄게
응원해 줄게

내겐 빨간 불
천천히 걸을게
꽃향기 즐길게
차례를 기다릴게

누가 그럽디다
멈추어야 기운차다
기다려야 어울린다
배려해야 상쾌하다

삼색 질서가 절묘하다

편견

잿빛 하늘
희뿌연 먼지
답답하다

시든 장미
힘 잃은 열정
시시하다

천방지축 아이
미숙한 청춘
건방지다

비뚤어진 입꼬리
야비한 웃음
기막히다

모두 다
안경 때문일 거야

모자(帽子)의 동행

잠깐만요
맨얼굴로 따가운 햇볕과 맞서려고요
깍지 끼고 같이 갑시다
태양의 강펀치를 대신 맞아 드리리다

잠깐만요
넓은 이마 잔주름을 친구에게 들키려고요
어깨동무하고 같이 갑시다
힐끗 눈길을 살짝 가려 드리리다

잠깐만요
팔색조 유혹을 혼자 다 견디려고요
나하고 발맞춰서 같이 갑시다
당황스런 곁눈을 잠시 막아 드리리다

잠깐만요
맑은 하늘을 깊고 멀리 보고 싶다고요
우리 팔짱 끼고 같이 갑시다
산꼭대기 남산 타워로 데려다 드리리다

잠깐만요
삼십 년 전 걸어놓은 자물쇠가 궁금하다고요
눈 꼭 감고 나랑 같이 나갑시다
젊은 시절 사진을 다시 보여 드리리다

오랜 동행에
어느새 반백이 되어 버린 벗이여
그대의 애틋한 손길 맞으러
난 이제 길을 나섭니다

멀리서 오신 귀빈

어슴푸레 새벽빛이 창문 커튼을 넘는다
시끄러운 꿈에 눌린 어깨가 일찍 잠을 깨운다
진통제 삼아 기지개를 활짝 켠다

냉수 한 컵으로 마른 목을 축인 후
냉장고 속 손님들의 안부를 확인한다
멀리서 오신 귀빈들과 아침 인사를 나눈다
오이 당근 파프리카 적양배추 양상추
브로콜리 토마토 그리고 사과 반쪽
여기에, 상견례의 홍일점 닭가슴살
맨얼굴 손님들은 이른 아침에도 눈부시다

잠이 덜 깬 머리는 새 손님을 찾는다
핸드 드립 커피가 뜨겁게 향기롭다
커피 방울이 하나씩 포트 안에 모인다
먼 길 오느라 검게 탄 여린 가슴이
구수하게 예쁜 그림을 그려 보인다

멀리 달려온 귀빈들 덕에
부족한 잠이 남긴 피로가 말끔히 풀린다
방금 켠 컴퓨터 화면에선
새 세상이 놀자고 손짓을 한다

알고 싶다

입을 막으면 난 어떡하라고
귀를 막으면 난 어떡하라고
손만 당기면 난 어떡하라고
하나뿐인 벗을 뺏으면
난 또 어떡하라고

아마 내가
말이 너무 헤펐나봐
귀가 너무 밝았나봐
친구가 너무 좋았나봐

그래도 난 알고 싶다
내가 누구인지
어디로 가는지

그것만은 정말
꼭 알고 싶다

묘비 앞에서

하루 한 번만이라도
당신의 손을 애틋하게
잡아드렸더라면
하루 한 번만이라도
당신의 눈을 따뜻하게
위로해드렸더라면

그저 잠시만이라도
당신의 음성에 숨죽여
귀 기울여드렸더라면
그저 잠시만이라도
당신의 마음을 후련하게
열어드렸더라면

지금
당신의 묘비 앞에서
이렇게
가슴이 무너지진
않았을 겁니다

셋

위로: 밝은 내일로 가는 길

위기에 처한 이들에게는 특히 위로가 필요합니다. 손을 잡아주고 등 두드려 주어야 힘을 낼 수 있습니다. 그런 연후에야 비로소 밝은 내일을 기대할 수 있을 겁니다.

삶의 위기에서 힘을 내고 있는 이들과 그들의 가족들에게 손을 내밀고 싶습니다. 지금은 현실이 어둡고 아프게만 느껴질지라도 다가올 날들은 분명 행복하고 즐거울 거라고 말해주고 싶습니다.

고맙습니다

오랫동안 자리를
지켜주어 고맙습니다
꿋꿋하게 바람을
이겨주어 고맙습니다
덤덤하게 아픔을
견뎌주어 고맙습니다

하늘 향해 곧게
커주어서 고맙습니다
장사처럼 튼튼하게
자라주어 고맙습니다
한없이 큰 그늘이
되어주어 고맙습니다

크고 실한 열매를
맺어주어 고맙습니다

청보리

대단하구나
지난 겨울 추위가
꽤나 힘들었을 텐데

대견하구나
봄맞이 황사가
꽤나 숨 가빴을 텐데

고맙구나
품속 너의 꿈이
몹시도 아팠을 텐데

아름답구나
긴 겨울 아픔 견딘
올곧은 당당함이

믿음직하구나
새 봄 하늘 닮은
짙푸른 의연함이

공 치기 좋은 날

오늘은 정말
공 치기 좋은 날

따뜻하고 바람 자니
하늘이 허락한 날
햇볕 한껏 즐기는 날

온갖 꽃 만개하니
기분이 상쾌한 날
가슴 맘껏 펴는 날

구름 햇볕 가리니
운동하기 좋은 날
집에 있기 억울한 날

가랑비 시원하니
행운이 깃든 날
절로 미소 짓는 날

아무튼 매일매일
공 치기 좋은 날

우산 속

튀는 물방울이
발목을 적셔도
토닥토닥 리듬이
가슴을 덥힌다

날리는 물줄기가
어깨를 적셔도
한 줄기 바람이
머리를 맑힌다

새로 맞은 아침
갈 길 바빠도
우산 속 깊숙이
파묻히고 싶다

우산 속이라
다행이다
우산 속이어서
행복하다

누구 없소

덥다
태양이 살을 굽는다
땀구멍이 짜증을 뿜는다
들이쉬는 숨이 힘들다

찐다
땀방울이 살을 익힌다
화난 속살이 아우성이다
내쉬는 숨은 더 뜨겁다

누구 없소
한 줄 바람이 다가온다
휘리릭 무심하게 스쳐간다
한결 위안이 된다

행복

고된 하루를 준비하는
공사장 인부의 근육
맑은 아침을 가르는
샐러리맨의 잰걸음

기다림 끝에 허락된
개나리의 절제된 합창
묵묵히 밀고 당기는
교차로 신호등의 질서

그 너머에서
행복이
미소 짓고 있다

쓴소리

어차피 안 될 일인데 힘을 다해 보라고?
쓸데없는 소리

내 맘대로 살려는데 꿈을 가져 보라고?
말도 안 되는 헛소리

이젠 그만두려는데 나를 믿어 보라고?
어이없는 잔소리

듣기 싫어 돌아서는데 핑계 대지 말라고?
또 그 소리

......

아닌데
그게 아닌데
약이 되는 쓴소리인데

스케일링

눈 맞출 틈도 없이 치과의자가 넘어간다
인사말을 삼킨 채 하릴없이 입을 벌린다
아주 크게 벌린다

한 옥타브 높은 기계음이 빠르게 돌아간다
파고 뜯고 갈아낸다
가끔씩 씻고 뽑는다
따끔따끔 아프다

아픈 건 참을 만한데 괜스레 서글프다
오랜 시간 함께했던 분신을 잃는 것이
아쉽고 서운한 건가

떨어진 플러그는 헛된 욕심일 거야
뱉어낸 검은 피는 비뚠 마음일 거야

활짝 기지개

시끄러운 꿈이
화들짝 나를 깨운다
눌린 어깨가
일찍 나를 깨운다

얼룩 꿈 씻으려고
쓴 커피를 마신다
아픈 어깨 달래려고
진통제를 찾는다

내일은
활짝 기지개로
창문을 열까

내일은
잘 잤다 웃으며
깊은 숨을 쉴까

기다림

배부른데 먹으라면
짜증 나겠지
뛰노는데 가자면
안 들리겠지

야단치고 다독이면
심통 나겠지
보지 않고 손 내밀면
어이없겠지

웃으며 손짓하면
다가올 거야
여기서 기다리면
달려올 거야

내일은 제발

당신께선 오랫동안 저의 천사였습니다
아무도 저를 거들떠보지 않았을 때
당신께선 제게 무한한 믿음을 주셨습니다

까칠한 모습에 모두
고개 흔들며 비웃을 때 당신께선
저를 보며 끄덕이셨습니다
반만 믿었던 저의 어리석음에
당신의 새 아들은 지금
엎드려 용서를 구할 뿐입니다

당신의 외로운 선택을 굳게 믿으신
그 판단이 틀리지 않았음을
이제 함께 증명해야 할
그 시간이 드디어 오고야 말았습니다

당신을 뵙고 온 오늘
너무나 행복합니다
단지, 당신께서 저에게
추억이 될까 두렵습니다
내일은 제발 한 시간만
공원길을 걸어 주십시오

세상이 제대로 굴러가는지
어느 놈이 저 살자고
이웃을 무시하지는 않는지
그것만은 좀
부릅뜨고 살펴봐 주십시오

기력을 잃으신 어머니께

환갑을 넘긴 며느리는 흐느낀다
기력을 잃으신 구순 어머니가 애닯다

함께 간직한 추억이 이토록 안타까운데
같이 나눌 이야기가 얼마나 절절한데
저는 어머니를 보내드릴 수 없습니다
어머니, 전 아직 준비가 되지 않았습니다
지금부터 어머니와 같이 해야 할 일이 많습니다
제발 제 손을 매정하게 놓지 말아 주십시오
며느리의 혼잣말이 간절하다

노모의 곁을 떠나지 못하는 며느리는
흩어진 정신줄을 힘들게 붙잡는다
어머니 손을 잡고 아까운 체온을 지킨다
고른 어머니 숨소리가 고맙다
힘겹게 기운을 낸 어머니의 배려가
오늘따라 더없이 감사하다

어머니를 품에 안고 툇마루에 마주 앉은 며느리는
가슴이 부풀어 하늘로 난다
높은 하늘 맑은 공기에 절로 웃음이 난다
어머니, 같이 볕을 맞아 주셔서 행복합니다
새 하늘 아래 함께 숨쉴 수 있어 눈물이 납니다

드라마 전원일기 속으로 점점 더 빠져든다
옆에 앉은 아내는 맥없이 휴지를 찾는다

눈물

내민 손 뿌리치며
벗이 날린 화살이
너무 아파서

예쁜 추억 꿈꾸며
쏟아 부은 열정이
너무 아까와

빛바랜 사진 보며
미어지는 가슴이
너무 서러워

말을 삼킨 채
어깨 리듬에 맞춰
눈물을 쏟는다

미로

여보
응, 왜
그거 어디 있지
뭐, 뭐 말이야
있잖아 그거
아 참, 무얼 찾는데
그거, 그거 몰라
아니, 말을 해봐
그거…… 답답해 죽겠네
말을 해야지, 아님 내가 어떻게 알아

아이 미치겠네
천천히 생각해봐
머리엔 떠오르는데
침착해, 아무 말이든 해봐
왜 단어가 생각나지 않지

입는 거야
무슨 얘길 하는 거야
그럼 먹는 거
맞아, 먹는 거야
어떻게 생겼는데
길쭉하지
색깔은
붉은색, 아니 완전히 빨간 건 아니고
아, 그래

생각났다
잘됐다, 뭔데
말, 말, 말……
달리는 말, 아님 입으로 하는 말
말이 좋아하는 거
아하, 당근
그래 맞아, 그거, 당근
축하해

내가 왜 이러지
누구나 그럴 때가 있어
아냐, 머리가 엉킨 것 같아
잠시 그런 거야, 곧 나아질 거야

에이 C, 도통 위로가 안 된다

잔인한 유혹

고얀 이는 괴롭다
배고픈 고얀 이는
눈앞의 생선이 얄밉다
보기만 해야 하는 고얀 이는
혼자 우는 침샘이 야속하다
고얀

고얀 이는 서럽다
손발 묶인 고얀 이는
조롱하는 미소가 아프다
나약해진 고얀 이는
시험하는 눈빛이 힘들다
고오얀

굶주린 고얀 이에게
고기 냄새 풍기는 건
궁지 속 고얀 이에게
거짓 호의 베푸는 건
그건 너무 잔인한
잔인한 유혹이 아닐까
고오오얀

자비로운 그대

비웃으며 싸웠다
싸우다 도망쳤다
도망가다 숨었다

그러다가 끝내
그대가 내민 두 손을
고개 숙여 맞잡았다

자비로운 그대
은혜로운 COVID-19

개미성

등짐밖에 없었어
친구밖에 없었어
시작은 그랬지
다들
미미하다 말했지

걸음은 작았어
몸짓은 느렸어
성이 될까 의심했지
다들
시시하다 말했지

헛디뎌서 굴렀어
빗방울에 무너졌어
이게 될까 실망했지
다들
그만두라 그랬지

해를 보며 올랐어
꼬리 물고 올랐어
끝내 성을 쌓았지
다들
박수칠 걸 믿었지

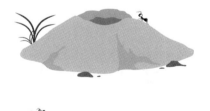

짧은 꿈이 서러워

하늘에 옴므파탈이 얼굴을 내민다
가슴 부풀리고 까치발을 한다
울퉁불퉁 근육에 스스로 기껍다
땀구멍이 열려 피부가 번지르르하다
린스로 윤을 낸 머리카락이 개성 넘친다
눈매 또한 장동건이다

넘치는 힘을 어쩌지 못해 안달이다
여기저기 윙크를 날린다
바이올린 소리에 맞추어 품을 내준다
여인네 손을 잡는 데는 왈츠가 제일이다
체온을 오래 나누려고 돌고 또 돈다
매력을 돋보이려 큰 눈 부릅뜬다

가는 허리 여인이 품속을 파고든다
둘이 체온 합하니 점점 뜨거워진다
심장 소리 합하니 더욱더 뜨겁다
고저음이 어울린 웃음소리가 하늘에 퍼진다

음악이 잦아들고 파티는 끝나간다
멀어지는 여인의 체온이 야속하다
손을 내주는 무능력이 얄밉다
젖은 눈을 맥없이 감고 만다

긴 아픔 짧은 꿈이 서러워
하염없이 눈물을 흘린다

귀로(歸路)

높이 오르니
내려가기 어렵고
멀리 나가니
돌아오기 힘들더라

힘들다 성내니
산새가 외면하고
혼자 걸으니
오는 길 외롭더라

소나기 지나간 후

앞만 보고 달리다 걸려 넘어진 건
오히려 다행이야

쉬지 않고 뛰고도 터지지 않은 건
그건 행운이야

이제 다시 일어나 손잡고 걷는 건
정말 감동이야

소나기 지나간 후 무지개 뜨는 건
하늘 축복이야

쉼표

빵 과자 사이다
가득 채운 배낭에
머루 다래 더덕
더 넣어 가겠다고

빈 가방이 필요해
빈 가슴이 필요해
먼 산이 필요해
새 꿈이 필요해

감사합니다
쉼표를 주셔서

멍때리기

달리기를 멈춥시다
다리에서 힘을 뺍시다
한 폭 수채화가 보일 걸요

쥔 주먹을 펍시다
가진 것을 나눕시다
나른한 평안을 느낄 걸요

가슴을 식힙시다
열정을 내려 놓읍시다
미소 짓는 이웃이 보일 걸요

머리를 식힙시다
이기심을 버립시다
벅찬 행복을 경험할 걸요

보물을 얻으려면
가진 것을 먼저 내어놓으라던데
이것도 욕심이려나

가다가 해 저물면

엉킨 정신줄 가까스로 추스르니
뒤따르는 몸뚱어리 성한 곳 하나 없구나

앞 길 백리인데 석양 벌써 고개 넘으니
겨우 가눈 새가슴 갈피 잡지 못하는구나

어차피 같이 갈 길 외면하면 어찌할까
절룩걸음 재촉한들 남은 길이 다가올까

고단한 나그네야
하늘 한 번 보고 가자
바람 한 번 쐬고 가자

갈 길 급한 나그네야
땀 닦으며 가자꾸나
팔 흔들며 가자꾸나

가다가 해 저물면 거기서 쉬자꾸나
동구 밖 나무 아래인들 과분하지 않겠느냐

휴식

산 너머 고향집은 아직도 아득한데
서쪽하늘 붉어지고 그림자 길어지니
나그네 심장 소리 콩닥콩닥 빨라지네

산등성 기러기떼 부산한 날갯짓에
나그네 종종걸음 꺼우꺼우 바빠져도
모퉁이 그늘에서 잠시 쉰들 어떠하리

물 한 잔에 막힌 가슴 후련하고
조각 그늘에 엉킨 머리 풀어지니
나른한 발걸음이 기운차게 가볍다

휴식은
수고한 당신께 드리는 감사의 선물
휴식은
수고한 당신이 누리는 달콤한 행복

넷

동행: 어깨동무 길

함께 걷는 길은 외롭지 않습니다. 콧노래가 절로 날 정도로 즐겁기도 합니다. 어려움에 부딪쳐도 힘을 낼 수 있습니다. 그러나, 발을 맞추는 일은 녹록하지 않습니다. 걸음의 폭과 속도를 맞추고 호흡과 심장 박동까지 맞추어야 합니다.

힘든 질환과의 여정에서 의료진과 환자의 동행, 환자와 가족의 동행, 환자와 이웃의 동행, 그리고 같은 어려움에 처한 이들끼리의 어깨동무까지 모두 중요합니다.

아픈 이들에게 그리고 그들의 동반자들에게 공감과 위로를 드리기 위해 40년 가까이 동행하고 있는 어느 부부의 이야기를 여기에 더합니다.

동반자

어제 되는 오늘이
아쉬울 텐데
늘어나는 주름이
야속할 텐데

오늘도 당신은
나를 향해 웃고 있겠지

무심히 내어준
당신의 체온이
수줍게 다가온
당신의 어깨가

오늘도 다시 또 나를
일으켜 세운다

환상의 짝꿍

그대는 나의
친구이자 애인
서먹한 듯 사랑스럽다

그대는 나의
제자이자 스승
어수룩한 듯 지혜롭다

우린 언제나
둘인 듯 하나이고
따로인 듯 함께 있다

냉각수 있어
휘발유 맘껏 태우고
브레이크 있어
가속페달 힘껏 밟는다

그대와 나는
환상의 짝꿍

부엉이 부부

아스라한 절벽 위
부엉이 한 쌍
나란히 앉아 있다
말 없이 서쪽 하늘만
바라보고 있다

초승달 맑은 밤
날개 펴고 함께 떠난다
어깨동무를 한다
부리를 부딪친다

부우엉 부우엉
합창을 한다
함께 날고 있음을
체온으로 확인한다

내 각시

내 나이 열일곱
다소곳 소녀가 옆에 있었다
그녀 손을 잡는 건 언감생심이었어
어깨동무는 경천동지였지

꿈속에선 그녀를 수백 번도 더 만났다
그때마다 그녀는 내 각시였다
언제나 나만 바라보고 있었다
늘 내게 활짝 웃어 주었다

그런 그녀를 요즘엔 도통 볼 수가 없다
뭐가 그리 바쁜지 모르겠다
먼 데로 여행을 떠났나 보다

침대 옆에선 아내가 뒤척인다
고른 숨소리에 마음이 놓인다
사십 년 동행 청국장 그녀가 내겐 천사다

그녀는 오늘 한강변 산책길에 나의 꿀친구다
내 볼에 검정이 묻으면 어느새 손을 뻗어 닦아준다

아침마다 그녀와 마주 앉아 샐러드를 즐긴다
식사 후엔 나란히 에티오피아 커피향을 나눈다
그러고 나선, 가을비 소리에 같이 귀를 기울인다

내일 아침엔
내 각시와 함께 해피트리에 물 주는 모습을
꿈속 그녀에게 보여주고 싶다

소녀에게

언제나 파란 하늘만 보고 싶은
화려하진 않아도 예쁜 그림을 그리고 싶은
시골 청년이 있었지요
그는 늘
수줍은 마음을 들킬까 총총걸음을 걸었지요

어느 날 그는 문득
손잡고 같이 걸을 친구가 그리웠지요

그런데 과연
무채색 길을 함께할 길동무가 있을까
밋밋한 음식을 함께하며
즐거워하고 마주 웃을 동무가
정말 있기는 할까

반쯤 생각을 접을 즈음
바보같이 순진한 한 소녀가
구름 위를 걷던 청년의
손을 잡았지요

그리고 벌써 30년이 흘렀네요

이 동행이 소녀에게 행복했을까
소녀는 과연 예쁜 그림을 받았을까
소녀가 잡은 손은 지금도 따뜻할까

침대와 냉장고

오늘 아침 넥타이를 매면서
깊은 잠에 빠진 당신의 얼굴을 보았습니다
아마 어젯밤 당신이 침대에 오르기 전에
이불을 골라준 나의 얼굴일 겁니다

당신의 행복한 휴식이 무척 고맙습니다
편안한 숨소리와 꿈을 즐기는 표정이
정말 감사합니다

어렵게 얻은 혼자만의 꿈길이
오롯이 행복하면 좋겠습니다
꿀 같은 여행이 행여나
창틈 햇빛 때문에
방해받지 않으면 좋겠습니다

그리고 아침에는
새로 주어진 시간들이 마냥 반가우면 좋겠습니다

누군가 그립디다
침대와 냉장고를 함께 쓰는 이가 있어야 맘이 풍성해진다고
의지하고 격려하는 그런 삶이어야 좀 더 따뜻해진다고

오랫동안 나와 함께
가진 것 하나 없는 나와 함께
침대와 냉장고를 공유해주어 고맙습니다

힘들 때마다 손을 잡아주어서 감사합니다
멈춰서고 싶을 때 언제나
등을 두드려주니 힘이 납니다

시작을 잊지 말기로 합시다

유채꽃이 한창인 때였소
각오는 되어 있었어도
몹시 두려웠던 시작이었소

아직 아이 같던 그대
여린 몸매와 헤픈 눈물
그러나 마음은 하염없이 넓은
그래서 항상 푸근한 쉼터였던 그대를
믿고 선택하였던 그때
그 값진 시간이 오늘 새삼
뿌듯하게 느껴지고 있다오

세월이 파랗게 열릴 때 우린 어김없이
하나 더한 기념일을 다시 맞고 있소

열을 넘기고 열다섯
스물이 되고 쉰을 넘길 때까지
그때 그 시작을
잊지 말기로 합시다

그리고 아이들이 우리 같은 셈을 시작할 때는
우리
하나부터 다시 세기로 합시다
장미만큼 뜨겁진 않을지라도
차분하고 흐뭇한 튤립의 향기로

사랑한단 말보다 은은한 눈길로 우리
기꺼운 셈놀이를 다시
시작하기로 합시다

항상 믿을 수 있는

지난해 겨울은 유난히 따뜻하였소
다들 무섭다던 엘리뇨의 심술도
당신의 끈기와 정열 그리고 투지에
드디어 손을 들고 말았소

항상 학생이길 원하는
약간의 긴장과 피곤을 즐기는
그래서 아직 고운 피부를 잃지 않은
당신은 끝내 해내고 말았소
축하로는 부족한 당신의 결실은
우리 모두의 가슴을 넉넉하게 만든
자부심이고 기쁨이었소

우리 가족이 바치는 훈장
장미꽃 송이의 수는
이제
열하고도 여섯이오

당신이 우리에게 베푼
사랑의 크기에 미치지 못할지라도
함께 숨쉬었던 시간들을 헤아려
즐거웠던 추억이었음을
당신에게 새삼
느끼게 하고 싶소

아이들의 키가 훌쩍 커버린 만큼
우리 몸이 위축되었음을 부인할 수 없지만
그게 그렇게 안타깝지 않은 것은
우리 처음 약속이 아직 식지 않았음을 확실히
믿고 있기 때문이고

함께 살아온 시간이 귀하고
손잡고 이뤄온 우리의 삶이 자랑스럽기 때문일 게요

해를 넘기고 세기가 바뀌어도
당신에게 전하는 장미의 수가 삼십이 되고 오십이 되어도
우리 서로
항상 믿을 수 있는 사이이길 바라오

고단할지라도

믿기지 않지만 벌써
장미 열아홉 송이를 헤아려야 할
그런 시간이 되었구려

하기야
넓어지는 이마 때문에 흰 머리카락까지 안타깝고
당신 머리에도 새치가 넘치는 걸 보면
애들에게 점점 우리가 필요 없는 걸 보면
열아홉이란 숫자가
당연한 것이라 생각되기도 하오

애들 마음이 요즘
깊고 많은 고민으로 분주해서
오늘은 우리 둘이
축배를 나누어야 할 것 같소

굳게 믿고 싶소
비록 이 시간이 견디기에 너무 고단할지라도
다른 모습으로 벅차게 행복할 그날을 위해
우리에게 꼭 필요한 시간이고 피할 수 없는 길이란 걸
이 시간을 지혜롭게 헤쳐 나가면
반드시 나른한 평안이 기다리고 있으리라는 것을

지금보다 더 많은 아픔이 우릴 유혹하고 흔들지라도
우리 서로 굳건히
손을 잡고 기댈 수 있는 그런 사이이길 바라오

눈가에 주름이 생겼다고요

지난해는
우리 애들에게도 그리고 우리에게도 시련의 한 해였소
그러나 우린 끝내
시린 아픔의 터널 속에서 환한 빛을 찾아내었소

당신의 포근한 여유와 냉정한 지혜가
식구들을 버텨내게 한 것이라
난 굳게 믿고 있소
애들이 다시 용기를 가질 수 있게 된 것 역시
당신의 따뜻한 가슴 덕분이었소

눈가에 주름이 생겼다고요
흰머리가 늘어 슬프다고요
그건
우리가 함께 한 스무 해가
그렇게 짧은 시간이 아니었음을 알려주는 출석부일 게요

당신의 머리에 지혜가 넓어졌고
당신의 마음에 너그러움이 더해졌으니
눈가의 주름이나 늘어나는 흰머리는
오히려 훈장이지 않겠소

스무 해가 지나니
애들도 각자 제 세상으로 떠나는 것 같소
한발 물러서 도와주는 여유가
이젠 우리에게 필요한 시간일 게요

앞으론 우리끼리
그동안 못 했던 얘기를 보다 많이 해야겠소
둘이서 손잡고 걷는 시간도 좀 더 늘려야겠소

오늘도

이젠
흰머리나 잔주름이 너무나 자연스럽소

지금껏 살아온 날들보다 앞으로 살아갈 날들이
비교할 수 없이 짧음을 못내 아쉬워하며
하루하루를 조심스레 살고 있는 것 같소

힘들 때 친구가 되어주고
아플 때 어머니가 되어주어
정말 고맙소

오늘도 내가 편히 잠들 수 있는 건
내일 아침 내게 전해질 따뜻한 도시락이 있음을
그리고
한결같이 함께 걸어줄 당신이 옆에 있음을
굳게 믿기 때문이오

덤덤하게 삽시다

함께한 지 벌써 스물여덟 해
혼자 살아온 시간보다 더 긴 시간이오

어른 노릇이 이처럼 자연스러운 것을 보면
바통을 물려줄 날도 그리 멀진 않은 것 같소

가격표를 보지 않고도 장을 볼 수 있고
우리 아이들이 이제 어엿한 어른이 된 걸 보면
우리가 시간을 헛되이 보내진 않은 듯하오

이제부턴 우리
덤덤하게 살아 봅시다

앞으론
힘든 사람들이 혹시 우릴 쳐다보고 있지 않는지
주위를 한 번쯤 둘러보고 삽시다

한 세대가 지났네요

목이 유난히 길었던 소녀와 손잡고 걸어온 지가
아무것도 가지지 못했지만 가슴속 꿈만 하늘 같았던
그래서 힘차게 앞만 보고 달려온 지가 벌써
한 세대를 지나고 있습니다

소녀는 딸에게 꿈이 되었고
소년은 아들에게 자존심이 되었으니
그 시간은 결코 짧지 않았던 것 같습니다

앞으로 함께할 우리의 시간은
좀 더 성숙한 수채화였으면
앞으로 쌓일 우리의 추억은
은은한 향기 품은 아카시아였으면
정말
정말 좋겠습니다

예전처럼 뜨겁진 않아도

요즘에는
어깨 관절이 삐걱거리고
참외와 오이를 자주 헷갈립니다
말소리에 힘이 빠지고 허리가 굵어집니다
걸음걸이가 예전처럼 반듯하지 못합니다

하지만
마음에 차지 않아도 섭섭해하지 않을 수 있고
누가 싸우자 덤벼도 잠깐 만에 숨 돌릴 수 있습니다
구름 덮인 하늘을 보며
다가올 화창한 봄을 떠올릴 수 있습니다

우리 이젠
조금씩 더 너그러워집시다
예전처럼 뜨겁진 않아도
차분하고 성숙한 마음으로
따뜻한 체온을 함께 나누기로 합시다

솜사탕 꿈

금년에는 유난히
제주도 유채꽃이
태종대 동백꽃이
생생하게 아른거립니다

힘이 솟구치고 꿈이 넘치던
그때 그 봄에 우린
함께 발맞추어 걷기 시작했지요

준마에 버금가는 싱싱한 몸매
쇳조각도 뚫어버릴 예리한 눈매
백 년도 꿰뚫을 보석 같은 통찰을
그때 우린
함께 나누었지요

그때 그렇게 풍성했던 머리카락이
이젠 한 올 한 올 안타까울지라도
우리
서른다섯 해 전 곱고 새파란 시작을
잊지 말기로 합시다

그때 그렇게 새까맣던 머리카락이
이젠 문득 문득 그리울지라도
우리
서른다섯 해 전
함께 품었던 솜사탕 꿈을
잊지 말기로 합시다

뭐 그리 많은 말들이 필요한가요

유난히 목이 길고 야들야들 눈물 많던 소녀가
꿈 얘기를 좋아하고 눈이 작아 안개꽃 같던 소녀가
삶의 무게가 버거워 웃지도 못하던 새까맣게 깡마른 소년에게
수줍게 다가온 지 어언
서른 하고도 여섯 해요

소녀는 올해로 육십이 되었소
그저 감사하고 축하만 하고 싶은데
미안한 마음이 한 켠에서 살며시 고개를 내밀고 있소

삶 때문에 포기했던 파란 꿈들이 얼마고
바람 땜에 부풀어진 굳은 살들은 또 얼마일까
혼자서 삭혀버린 응어리는 얼마이고
남몰래 삼켜버린 눈물은 또 얼마일까

서로 닮아가는 모습을 바라보고 있노라니
피식 입꼬리가 올라가다가도
함께 지낸 시간들이 기꺼워 스스로 으쓱해지기도 하오

앞으론
뭐 그리 많은 말들이 필요하지 않을 거요
꿈이 어린 눈망울로 안개꽃을 사랑하던
목이 길고 눈물 많던 단발머리 소녀의 모습으로
오늘 삶이 버거워도 내일 희망을 확신하던
말라깽이 초롱초롱 시골 소년의 모습으로
우리 되돌아가 다시
부둥켜 힘껏 안아나 봅시다

바다 여행은 어땠나요

이번 겨울
넉넉히 시간을 내어 자적했던
우리의 바다 여행은 어땠나요

동해에서 우릴 맞은 파도는
달려드는 모양이 가관이었고
부서질 때 내뿜는 함성 역시
가슴 벅차게 울렸었지요

남해에서 만난 바다는
고혹적인 눈빛을
일렁이는 황홀함을
쉴 새 없이 우리에게
드러내곤 하였지요

서해 갯벌의 넓은 정적과 생동감
순식간에 넓어졌다 좁아지는 마술은
우리가 살아온 삶 그 자체였고요

다른 모습으로 시작해서
풍파에 시달리고 난 후
우린 이제 서로 많이 닮은
그런 얼굴을 갖게 되었네요

물론 아직도 남겨진
인정할 수밖에 없는 각자의 몸짓들
그것들을 받아주고 안아주며 둥글게 살아간다면
우린 내일 더 크고 넓은
그리고
멋진 바다가 되어 있을 거요

그때 우린, 이젠 우리

그때 우린
깍지 끼고 봄을 맞았더랬소
주저하는 봄볕 맞으러
남쪽으로 내려갔더랬소
따스한 숨결 그리며
쪽빛 바다를 품었더랬소

유채꽃 상큼함에 가슴 설렜고
동백의 강렬함에 두근대었소
밀고 당기는 파도소리 벗삼아
밤새도록 깊은 꿈을 꾸었더랬소

그때 우린 귀한 보물을
가슴속 깊이 품고만 있었더랬소
그때 우린 솟구치는 열정을
수줍게 감추고만 있었더랬소

그러다가 놀라 문득 깨어보니
어둠이 벌써 저만치에 있더이다
붉은 꽃망울은 어디 가고
노란 열매만 한가득이더이다

이젠 우리
팔짱 끼고 걸어 봅시다
라일락 해당화 쓰다듬으며
이젠 우리
어깨동무 뛰어 봅시다
비둘기 까치 친구 하면서

정영화(鄭永和)

서울대학교 의과대학을 졸업하고 서울대학교병원에서 전공의와 전임의 수련을 받았다. 1989년부터 2022년까지 울산의대 교수 및 서울아산병원 겸직교수로 근무하였다. 지금까지 200여 편의 논문을 국내외 저명 학술지에 게재하였고, 내과학 및 소화기학 교과서 10여 권의 저술에 참여하였다. 또한, 지금까지 30여 편의 학위논문을 지도하였고 10여 건의 국내외 특허도 취득하여 등록하였다. 다수의 학회에서 임원으로 활동하였으며, 특히 국제학술지 *Liver International*에서 Associate Editor를 역임하였고, 현재 다수의 국제 저명 학술지에서 편집위원으로 일하고 있다.

주된 학문적 관심사는 바이러스성 간염에서 간세포암종과 간섬유화의 발생기전이다. 또한, 임상적으로 간세포암종의 진단과 치료에 관심을 가지고 지금까지 40여 년 동안 진료 현장을 지켜오면서 다양한 간질환 환자들을 진료하였다. 장기간 환자를 진료해 오면서, 진료실을 보다 따뜻하고 풍요롭게 만들기 위해서 환자들의 스토리와 환자들이 내면으로부터 외치는 목소리에 귀를 기울일 필요가 있음을 절감하고 있다. 또한, 진료실에서 환자중심적인 진료를 지속하기 위해서는 의료진에 대한 교육이 보다 공감지향적으로 변화할 필요가 있다고 생각하고 있다. 이런 이유로, 최근 들어 의료인문학과 의료윤리에 관심을 가지고 공감 클리닉을 만드는 일에 힘을 쏟고 있다. 현재 <의료인문학연구소 공감클리닉(ecps.co.kr)>의 소장으로 재직 중이다.

대표적인 전문저서로는 『Individualized Therapy for Hepatocellular Carcinoma』(WILEY, 2017), 『Systemic Anticancer Therapy for Hepatocellular Carcinoma』(Jin Publishng Co., 2011)가 있고, 일반인을 대상으로 한 교양저서로는 『김 박사의 공감진료 스토리』(박영사, 2022), 『김 박사의 공감 클리닉』(박영사, 2021), 『간을 아끼는 지혜』(고려의학, 1996)가 있다. 그리고, 번역서 『이야기로 푸는 의학』(학지사, 2020)을 출간하기도 하였다.

네가 제일 예쁘다

초판발행	2022년 10월 31일
지은이	정영화
펴낸이	안종만·안상준
편 집	김민조
기획/마케팅	정성혁
표지디자인	이영경
제 작	고철민·조영환
펴낸곳	(주) **박영사**
	서울특별시 금천구 가산디지털2로 53, 210호(가산동, 한라시그마밸리)
	등록 1959. 3. 11. 제300-1959-1호(倫)
전 화	02)733-6771
f a x	02)736-4818
e-mail	pys@pybook.co.kr
homepage	www.pybook.co.kr
ISBN	979-11-303-1619-2 03810

정 가   15,000원